歌集 そして海へ

論考 岡井隆と塚本邦雄の確執

山本信明

典々堂

＊目次

Ⅰ章

Ⅱ章

カバー写真・山本信明

歌集　そして海へ

Ⅰ章

記憶の始まり

転んでも離れ目守りし若き父頼らず生きよが記憶の始まり

そんなことするのはおまえらしくない背骨に刻む母の一言

林檎園の脚立に上がる祖母の背の夏陽の葉陰はハイカラ模様

「恙なし」と社の便箋で文すれば「今後はならぬ」と父の返信

いつか来る別れの時の悲しみを知るかのような産声を聴く

起き抜けは光に舌を差し出して今日の空気のうまさ確かむ

星ひとつ映すワインを飲みほして湖畔のテントに子の寝息きく

誰かいな　帰省せし吾の眼をのぞき祖母は記憶の地図を彷徨う

訃報うけ故郷へ向かう車中にて花粉症かと問う人のあり

こまごまと父の遺品を焼く庭になにやら艶めく本の一冊

連山にかかる大きな虹の孤は昨夜逝きたる義母のさよなら

生きている限りは青い大空に閉じ込められて雨にも濡れる

富有柿のたわわに実る自宅より義父出棺すのぞみかないて

父の死後三十年も遠住みのわが名を掲ぐ郵便受けは

はつ春に耳かたむけて下駄履きの母が歩みの変わらぬを聞く

こぼれ種

五丁目の宅地の土はいずこよりこの蕗の薹連れてきたのか
陽を浴びるうすき緑のやまあいに杉一群の黒かがやけり

水鉢に羊水みちて孑孑《ぼうふら》は夏初月の陽に動きはじめる

若者は生きるつらさに歯を嚙みて「いっそ」「されど」と二重否定す

翼なく飛べない吾は髪の毛を引きあげおれば抜けるのが常

さみどりの繭より出でし虞美人草《ひなげし》は羽化を終えたり日の出の刻に

雀らの好物なれば取り分を迷いつつ摘むジューンベリーを

菜の花のこぼれ種より広がりて空き地に浮かぶ島は真黄色

女マッカーサーと呼ばれた祖母

駐屯地のありて潤う隣り町不発弾見つけ死ぬ子もありき

トラック島に二十歳の伯父を餓死させるために育てしならず祖母はも

若くして夫と息子を失えば男勝りにならざるを得ず

シベリアと南の島に散りし子のその記憶さえ祖母を去りゆく

仏壇に祖母の好物メロン二個　国会中継ラジオを添える

ふるさとのタンスに文箱ただひとつ中には伯父の軍隊手帳

生き終えて地に横たわる夏蟬の黒目がずっと風を見ている

薔薇守り

踰みそと菜の花漬けを胃に収め野に出でくれば足裏にも春

白鷺は脚を伸ばして梅雨空の気流にまじり溶けてゆきたり

あら草の庭一面に湧き出ずる夏の走りとなりにけるかも

ひと仕事終えて芝生で昼ビール極楽の地はこの空の下

恒星の余熱鎮まる頃合いに夜盗虫捕る薔薇守りわれは

庭薔薇のつぼみを齧るコガネムシわがいたわりは首を抜くこと

健診の結果とどきて異常なしハッピーリストに一つ書きたす

餘部の橋を驟雨が吹き抜けて夏雲を背に虹の立ちたり

那岐山麓

街道は「因幡」と「出雲」の交差して鉄砲町の残るふるさと

蟹、海鼠、鯨に秋刀魚　山あいの卓にも海はゆたかでありき

右太衛門の半年遅れのチャンバラはわが六歳の午後の守り役

慎太郎刈りを済ませた後は十円をくれていたっけ床屋のおばちゃん

七歳が祖母の教えを疑いてミミズにかけると見事に腫れたり

五円玉にぎり通いし駄菓子屋のアイスの先は小豆のたまり場

八歳が毎日近くの堀割りで鮒釣りすれば絶えてしまえり

秋雨があがり林の松の下ハツタケの笠ふくらむ広がる

分校のあの子を見しは一度きり合同遠足の丘に登りて

別嬪の白鳩率いる群れ放ち戻りきたれば数の増えたり

那岐山の風を連れきて黄金田に秋茜群れ季《とき》をいろどる

銀杏の黄、 楓の紅たたなわり法然ゆかりの菩提寺に秋

雉の子の五羽がつらなり林道を散歩しているふるさとの夏

日本語より強く飛び交う隣国の言葉を拾う郷のラジオは

せせらぎの岩にひそめる沢蟹の甲羅の色はふゆ空の蒼

川土手に伸びたる太き虎杖を塩でかじれば故郷の味

町はずれの農業高の跡地にはソーラーパネルと過疎が広がる

星くずのごとくまたたくほたる火の故郷の水辺に夏は暮れそむ

廃藩より百年経ても美作《みまさか》にいまだなじまぬ備前ことばは

パーキンソン病

水張田に立ちて唱えし「スプリング　ハズカーム」父の欠かさぬ口癖

頭に深き傷あとを持つ老い父は何も語らざりき満州のこと

服用のメモの数字はふるえおりパーキンソン病と闘いし父

歩行には難儀すれども温泉に横泳ぎして父は笑いぬ

この齢になれど青さは消えないと嘆きながらもどこかうれし気

くちびるにゆびをあてればまだぬくしわれのかえりを父まつごとく

促され火炉のボタンを押すときの喪主のみの知る痛みためらい

一生分の吐息のごとき白煙の昇りゆくなり　父の火炉より

打算的なるを悪《にく》みし父ありて金には疎き男となりぬ

名前さえ知らない異母兄《あに》はわれよりも父に似たると言う人のあり

日傘の女

言論に自由はあれど視線にも自由のありや美しき人あり

ペンをもつ指の動きが間怠くて放つ思いを受けとめきれず

冬空に『日傘の女』の雲浮かびマスクを外しひと言ささやく

温泉に行きませんかと誘われて躊躇した時ノックオンの笛

雨雲にはばまれる夜も天上にふたつの星は光を交わす

朝の和室

ちくたくと腕ふりそむる招き猫はつ春の陽を窓際に受け

指かまれ夜半に目覚めしかたわらに昨日連れ来し三月の子猫

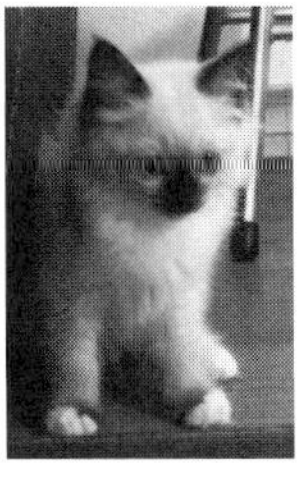

子猫にも利き手のありて秋の日に今日も左でお手をするなり

死んだふりしてみれば猫はにゃあと鳴き少しはなれてわれを見守る

みつばちや小鳥にとんぼ蝶も来て子猫は庭に飽くことのなし

陽に光るほこりを虫かと思うのか子猫跳ぶなり朝の和室に

気乗りせぬ子猫を抱いて公園に　帰りは探検しながら歩こ

オランジェット

去年よりも大人の味が深まりぬバレンタインのオランジェットは

玉藻よし讃岐うどんのざる二枚食ほそき君が完食したり

胸元のぼたんひとつをはずされてほくろののぞく祭りの夕べ

飲むほどに酒は私を引き寄せる酒が君なら溺れゆきたし

三度目のバレンタインの包みには部屋の合鍵紛れていたり

風の愛撫

朝茜　外房沖の水しぶき　仕掛けをつなぎ結ぶ口元

釣り糸の先は碧海奥ふかく脈動すれば海とまぐわう

二枚目が釣れたらきっと戻してあげる大原沖の小さきヒラメ

冬の陽と風の愛撫を受け入れて鰺の開きの旨み深まる

鯒《こち》食わば思いおこせよボウズの日連れは無しとてリベンジ忘るな

手芸店にスワロフスキーを選びたり鯛の気をひく仕掛けにせんと

沖漬けとイカ飯、刺身、塩辛も　竿しまいつつ数う十徳

あかときの光ふくらみ玻璃窓の奥に満ちきて釣り人は立つ

＊夜明け前に漁港を発って一時間ほど沖に走る釣り船

花のおとめ

春の陽を待たずに早もアネモネの白き一輪朝霜に咲く
つねならず半月はやく咲き初むる水仙ありて桜は近し

うら庭のみつば畑の土色は弥生を過ぎて緑に塗らる
すずらんの花のおとめは目くらまし葉は強情で根は蔓延りて
ネモフィラの群れてふるるん風に揺れ話しかけるが聞き取れないよ

土筆《つくづくし》は深く根を張り消え去らず嫉妬のごとくまた芽吹きたり

ゴーギャンの絵に見る花の色よりも濃く咲いているタイタンビカス

思色

君はいつやめていたのか思色《おもいいろ》　髪梳くときに気づくマニキュア

いつもなら丸文字で語る君なのに今日は楷書で問い詰めてくる

あらかじめずれておりしか十五分気づかぬままの二人の長針

ひと筋の髪が手紙の上に落つ　取り消し線のごとき直線

ベルが鳴り動き始めた窓の外『泣く女』のごとホームに君は

手を伸べて君をとらえる距離にいて触れることなく別れ来たりぬ

別れ時の君の言葉を漉したれど砂金か砂か未だわからず

雨と雨のあい間に降る雨　そう君はわたしを枯らすことはなかった

戌年生まれ

とことこと猫にはあらぬ足音をたてるおまえは戌年生まれや

本ひらく腕のあいまに入り来て丸まる猫と過ごす春宵

抱きやれば夜更けの猫は指をなめ甘噛みののち眠りはじめる

目をとじて金木犀のにおいかぐ猫は一歳われはおっさん

記憶の粒子

降つ夜の耳かきすれば若き日に傍の君と聴きし潮騒

眼裏に君は棲みつき時おりに記憶の粒子が網膜を打つ

金木犀は変わらぬ香に酔うわれに問うお前に進歩は有りや無しやと

若き日の君のおもかげ継ぐような乙女を見たりそのふるさとに

名を聞けば酔いたる君の涙目を思い出すなりジャックダニエル

パステルカラー

半年を過ぐるも向かいは「売り物件」犬は慣れたか高層暮らしに

どの部屋で鳴り続けるかマンションの目覚ましの音気になる散歩

結婚に逃げ込みたいとＡＤは過労を嘆くも連れは応えず
＊ＡＤ・テレビ局のアシスタントディレクター

ポイントの貯まるカードの増えつづけふくらむ財布と失う自由

うらみ、つらみ、ねたみ、やっかみ、いやみにそねみ、ひがみの七味
好みはいやみ

過ぎこしの悔いを指折り数えてはこれがわれだと薄皮を剝ぐ

プリンターのインクに染まる指を見て絵描きかと問うありがたき人

きゅるきゅると朝のシャッター音ひびき散歩の犬が目線を上げる

雨のあさ通学路には二本脚の傘の行進パステルカラーの
古本に挿まれているクローバー幸いなるや売り主は今

古文書

同窓会の幹事は元カノ「欠席」と送れば届くメールは「逢いたい」

誕生日を覚えているかと質されて古文書開けば空は明らむ

日を変えて二人で会わんと伝えたり背に聞こえるわが『蟬しぐれ』

二十年時をもどして君と会うわが身の灰汁は承知しながら

確かな名残り

色白のやわ肌透けてうごめきぬ活き造りの烏賊舌になめらか

大鯛はかなしからずや外道の身　間八《カンパチ》狙いの鉤にかかりて

目覚めれば腕の痛みの心地よし大鯛釣りの確かな名残り

腸《わた》を抜き血合いをささらで掻き除く痛くないよね死んでいるもの

何百回ゆたかな眞子を摘んだのか釣りし魚の腹をえぐりて

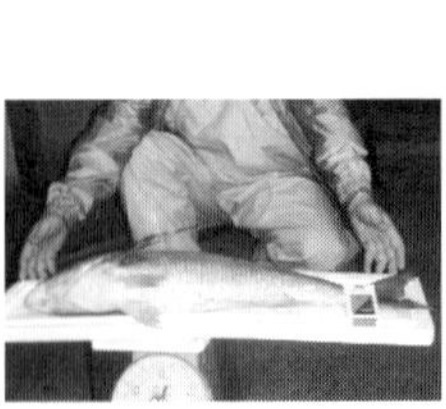

釣りあげし魚の血抜きは南方に沈みし船の鉄の匂いす

あおりいかの胴を開きてあまりにも少なき卵に釣るをやめたり

池の面があれば決まって確かめる魚影の有無を竿は持たずも

Ｒｏｃｋｅｒだったか

マラソンは完走するが肝心と力を抜いたふりして走る

ゆうらりと泳ぐ金魚を眺めつつ脳神経をほぐす午前二時

平日の睡眠四時間週末はウォッカあおりて二十時間寝る

ぬばたまの海苔に巻かれて眠りたい陽ざしと潮の香まとうごとくに

コースケがすごく嫌いになったのでその友達もちょっと嫌だな

「ずっとずっと随《つ》いていきます」宴会の女子の言葉は異動で帳消し

ひざ裏の見えかくれする制服に注文伝える昼の食堂

家族みな帰省しひとり夏の夜半50インチのバハマに眠る

ジョブズほど突進者《ハングリー》にはなれずとも馬鹿正直《フーリッシュ》なら貫きしかな

グローブを外しているのはより強く素手で打撃を与えんが為

＊ボクシングのグローブ

庭土に合わせ異なる色に咲くアジサイにあらず　われは漢《おとこ》よ

ラーメン屋台で仕事仲間に狼藉のチンピラの頭を蹴とばしたっけ

われながら虫と思えど鬼とよぶ仲間のありきかつての職場

友は言うわが来し方はＲｏｃｋだとそうかあの頃Ｒｏｃｋｅｒだったか

二連符

時により「あなた様」から「君」となるわれへの呼びかけ定まらぬまま

薄闇の透かしほおずきひと張りにやっと見えたりあなたの姿

月の字を十六分音符二連符になぞらえ見上ぐこよい二人で

見送ってもう逢えぬなら六月の額の汗は私にください

ステレオサウンド

熊蜂の羽音うなりて姫沙羅の白花ひとつ微かに揺れる

庭草を刈りこむ朝に虫は跳ね今宵の鈴の音いずこで鳴るや

夕方の庭の芝生に寝ころべばためらう藪蚊のステレオサウンド

水槽のふたに映れる月面に産卵終えて金魚は眠る

足あとの小指のあたり砂浜にひときわ強く光るものあり

中空にホバリングして蜻蛉《とんぼう》はささやかに秋の影となりたり

眼にテレビ、口に焼酎、手にマウス、頭の中はさまよう結句

カンガルー・鹿・ヘビ・カエル・鰐にヒト　五つは食ったひとつ食えない

スズメガの大きく太き幼虫をつかめば脈が指先を圧す

なんだこれ？　小さき花びら飛びたてりアメリカピンクノメイガの美し

まだ打たぬまだまだまだ打てぬ　アイアンの先にとどまるシオカラトンボ

幼らの遊ぶ声すら騒がしと開園拒まれ枯れ野広がる

清志郎は「キミかわいいね♪」と歌ってた今もあちらで「でもそれだけだね♪」

＊ＲＣサクセション『キミかわいいね』

ローソンの若店長の釣り銭を出す手の甲にメモ書きがある

蒙古の風

みどりごの尻に青あざ見ゆる時はるけき蒙古の風が吹きくる

吾子を乗せ出かけるたびに口ずさむ聞いてる？〈アンド・アイラブハー〉

時間にも濃度のあるを気づきたり一時帰宅に吾子を抱きて

噴水の飛沫が風に乗り子らの頭上に白き夏を運び来

8ミリのビデオテープは劣化して記憶頼りにエア再生す

イソロクの親戚

新しきプログラム言語の学び舎は六本木までの通勤電車

不条理な主張を続けるその人に思わず失禁する感情は

先輩が部下になったり同僚が上司になるゆえ変わらぬ〈さん付け〉

深夜まで親会社とは丸一年つたなき英語の反論つづく

ベルギーに赴任希望を出したれどアメリカ本社に行けと告げらる

中耳炎の鼓膜に針刺し「イソロクの親戚か」と問う米国の医師

水着姿の妻を見みるのは三度目かマウイの島のプールサイドに

先週はひとり今週は三人か歯抜けのつづくリストラ前線

あと一年帰国の延長願えども周りを見れば何も言えない

革靴のわれはニースの浜の辺で海より上がる乙女を見ている

ホームステイの帰りか機内の少女らは思い出よりも未来を語る

地図示し「乞急《はやく》」と書けば「ＯＫ」とアクセル踏みこむ台北タクシー

地球儀に旅の軌跡を追うてみるアフリカ、南米見ずに死ぬわれ

マイ包丁

身の軽きことは良けれと今日もまた雪花菜《きらず》を炒めまふまふ食らう

弓バレエ書道コーラス生け花も妻の自由は個人メドレー

それぞれの部屋に過ごして夕餉には家族の集うここ汽水域

旅先に妻ある時の楽しみはマイ包丁を研ぐに始まる

わが家族を因数分解してみれば血液型でくくれるのみかな

繰り返し「ハッピーじゃない…♪」を聴きおれば不機嫌そうに妻が横切る

＊フラワーカンパニーズ『ビューティフルドリーマー』

ロースハム丸かじりして気づきたり薄さの美徳厚さの濁味

痛みなく指先に血が流れだすダマスカス鋼の包丁あっぱれ

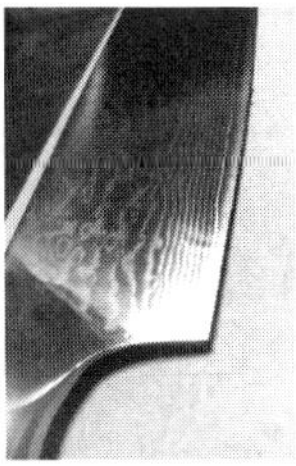

欠け落ちしままの永遠

鴇色に雲の頂かがやいて友に最期のちかづく気配

死のふちの友人に会う勇気なく顔見ぬままに今日は喪服ぞ

おもいでのとしになるねと言いし友　年の瀬待たず思い出遺す

突風に散るさくらばな　アンテナを広げ聞きたし別れの言葉

欠け落ちしままの永遠始まりぬ君のいのちときみとの時の

グラスの影

湯上りに気づける下着の穴ひとつ明日のごみと一夜を過ごす

西日受くるグラスの影はきらめきて今日のいさかい戒めるなり

二万回うまき食事のできること残りておれば今日は茶漬けで

トラックの座席でするラーメンの旨そうなこと　ローソンの昼

製氷室ざりごりがぎと満ちおればこころやすらぐ酒のみの性

卵焼きを作るつもりがスクランブルエッグとなりて楽し自在は

ジョッキ手につまずきころぶ瞬間に何をかばうか迷うひまなし

平日の午後のジョナサン席満ちてこれもひとつの内需拡大

水曜に日曜大工の音響く静かな町に生活音が
反省はすれども今朝も繰り返す意志の弱さの缶ビールルル

心配事

らっきょうの薄皮むけば少年が母と並びて剥きし日戻る

滑莧《すべりひゆ》を口にふくみて戦中の母の暮らしをしのびみるなり

「たべんちゃい、そ」卒寿の母が干し柿を訪いし幼なに差し出す睦月

元気かと問う母の声聞きながら心配事は告げぬこととす

留守電の母の「もしもしえ～と　あれっ」残していつか声の遺品に

夏の原子炉

大地震に帰宅は不可と人覚るまえ都《と》に通う娘《こ》の宿を取る

老母連れ浪江を去りて墓も棄て何万年も消えないこころ

＊当事者の心情を思って

旅の途に立ち寄る浪江の道の辺のポストはなべて塞がれたまま

町役場とローソンに人見かけおりパトカーは過ぐ空き家の前を

汚染地の規制ゲートに立つ若き監視員らは老いるまで立つ

つばめには帰還困難区域なく雛は育ちぬ内部も被ばくし

敦賀半島

浜の名は美浜というに人見えず波静かなり夏の原子炉

四十年後に引退と建てられて「あと二十年！」お漏らししてやる

空を飛ぶ夢

岡井隆を偲ぶ本歌取り

手を出せばはつかにゆるむ膝頭さくら隠しの舞う公園に

谷あいに屈みてさがす蕗の薹　わらび、こごみはまだ先の頃

降る雪の湖《うみ》の面《おもて》に和ぐころに君との間も消えてゆきたり

朝咲いて夕方落ちても俺はいい明日になればまた咲いてやる

殺戮を処分という名にさしかえて感染せずとも鶏は埋めらる

ちょんまげにてエキストラ役をやってみたギャラ問う人に笑而不答《わらってこたえず》

出張の旅の支度の手抜かりを申せば尖る妻のくちびる

歳月にこむらの肌は緩みおり今宵しゅらしゅらなでるもあわれ

歌あまた読めども詠めども会うなんて出来ないあなたは居ないのだから
世界まだ昏れゆかぬころ空を飛ぶ夢を見ていた話をしようか

Ⅱ章

フィリップスのシェーバー

庭に延ぶホースねじれて水流は不意につまりぬ絶句のごとく

息子は三十六歳だった

スキットルにバーボン満たし大阪に向かう　息子を引き取るために

二時間半西に走れば異界ありエスカレーターの左をのぼる

検案書を受けとりに行く午後の五時　死因に見るは心タンポナーデ

付箋紙のごとくはらんとこの世から剥がれゆきたり君は独りで

もうなれぬ焼野の雉子《きぎす》、夜の鶴　息子の去りし今里《いまざと》に立つ

哀しみはすこし遅れてやってくる目から心にこころから眼に

喉《のみど》より絞り出すのは不協和音「がんばったね」と「このばかたれ」と

肉体《ししむら》は骨と魂《たま》とに分かれたり魂というものは哀しみの玉

長病みの履歴を記すアトピーのおくすり手帳　もういらないね

父の死は悲しかりけりされど子の死すはま辛きものと知らさる

言の葉を残さず逝きてわが胸に君は遺せりカルマン渦を

いわし、さば、羊も群れている空におまえはなぜにいないのか　遼

冷たさの冫は君の偏となりわれには冫つきまといおり

背を圧すダウンバーストに抗いて地上五ミリを滑空しおり

満開の薔薇や望月そして夏至　熟さぬままに落ちし赤茄子

トルストイの冒頭に読む一行の「不幸はそれぞれ異なるかたち」

猫エムに向かい子の名を呼んでみる三度目よりはなみだ声和え

帰りこぬ息子のベッドに目をつむり使わずじまいのそば殻を抱く

父われにもどり来たれと骨壺のなかのかけらを舌に乗せおり

神無月に夏のなごりの風が吹く過去と今とに境はなくて

咲かぬまま九年育てし鉢植えの桜の木肌いとしくもあり

にわたずみに氷雨の刺さりつづけいいて偲ぶ人あり半年ののち

「わきました」の前に流れるメロディーさえ温かきかな今日のわれには

フィリップスのシェーバーに剃る無精ひげ　息子の遺品は静かにうめく

この星を離れし君よ今ごろは冥王星のかなたをゆくか

聖夜のサフラン

枝先の蟷螂の卵つつきいる四十雀ありそれぞれの冬

防波堤に群れる海鵜は一列の黒き墓標のごとく居並ぶ

月蒼く風鎮まりて白薔薇の冬はひそかに棘をはぐくむ

しおれたる薄紫は朱を残しパエリアに咲け聖夜《イブ》のサフラン

蜜に溺れて

もみの木に小枝くわえて来る雀今年の新居もうすぐ完成

鳴く声は樫の葉色にとけ入りて目白が一羽連れを待ちおり

凍てる朝枝にとまりて陽を浴びる目白はキウイフルーツの色

枝先の餌かごゆれる昼餉すぎ風が吹いたか目白が来たか

新しき餌を置けども今日も来ず目白は桜の蜜に溺れて

山鳩の放置卵にはひびありて割ればとろりといのちの残痕

プランターに散らばる羽毛その中に小さき嘴ひとつ見えたり

仰向けはみっともないよガレージに凍てる目白を庭土に埋む

単細胞

「二度死ぬ」というならいつか今いちど生まれ来たれよ「ショーン、カムバック」

＊ショーン・コネリー　二〇二〇年没

やや、こんなところに小さき染み二つ老いの証しを湯船に見ている

お隣の風呂で夫婦の声がする二度か三度かわれにもあったな

提供可と運転免許に記せども老いの群肝だれが望むや

苛立ちの一夜明ければ消える身の単細胞に救われている

ローソンのひかりが照らす闇のおく孤独の鬼が棲めるところか

脚に来て脳《なずき》にも来て失いしおのが理性は酒に溶けゆく

酔うほどにさらに飲みたくなるゆえに納税額は増えゆくばかり

この日まで飲み続けたるアルコール　ビール換算二十五トンか

鏨《たがね》もて血液型Aを斫《はっ》りたし尖《さき》を丸めて似非Oとせん

わが写真をスマホアプリで変換も好みのタイプの女にならず

むき出しの真実

ひき肉を炒める時のいらつきは長さ違える菜箸のゆえ

ゴーヤーに箸つけぬのは〈むき出しの真実〉ほどの苦みのためか

ニオイヒバの伐られてしばし空間に樹形のままの穴の現る

五十億年後に太陽尽きるとう地上には無し永遠なるは

白熱灯の温もりに似た望月は暗き背中を誰にも見せない

旗日にも日の丸を見ぬこの町に掲げる家は在日と聞く

香ばしき煙たなびき絶滅を危惧する人も今日は丑の日

単一の言葉を使う多民族　アイヌ・琉球・朝鮮・大和

〈テレビ体操〉に若き男も進出す男女平等の声に圧されて

天ぷらの「かす」は名を変え品変えず「玉」となりたり恥ずかしげなく

こだわりは捨てさるものと教わりてこだわらぬようこだわっている

肌色

波の湧くあたりは群れる池の鯉　外来種として今は謗《そし》らる

「民間人の殺害は否」トルーマンの国も時経て立場変われば

ちやほやとされし時あり「人間は勝手なもの」と嘆く石炭

肌色のクレヨンあるかとたずねれば何色もあると店員答う

生き方に正解なんてないけれどたぶんあのとき違えたらしい

万歳はあわれなかたちもろ手あげ三度降伏するかのごとし

ふらふらの歩となるまでに酔うわれは何から逃げたい何を求める

空に与する

ジャカランダの鉢が倒れて痛々し起こさずに待つ風の止むまで

大吉をよろこびし年に義母逝きぬ次より御籤引くことは無し

あるじ無き紅葉マークを外す手に義母の愛した百合抜くためらい

義母偲ぶ言の葉つぎつぎ舞いおりてブレーキを踏みメモを取りだす

台風に羽根の破れたかわひらこ低く飛んでは地面に休む

芍薬は立ちたるままに雨抱きて深く深くと屈みゆくなり

水も飲めぬと義父の容体伝えくる短きメールは絵文字含まず

曇天に園児らの声ひびくとも今日の気分は空に与《くみ》する

日めくりのあしたに記すフォルティッシモ指揮棒ふるも演奏もわれ

コンタクトレンズを失くし砂浜をさがして歩く夢を見ていた

われの無き過去と未来の間《あい》なれどさざ波ほどは立ててゆきたし

篆刻

街なかの疎林のごとき信号は季節の異なる葉色を灯す

信号に秋の始まるその刹那走り抜けよとアクセルを踏む

切られたる蜥蜴のしっぽはのたうちぬ苦しむすべを知るかの如く

五十歩と百歩のちがい小ならず松葉杖にてゆく花の坂

酷暑には繰り返し版画を刷るような籠りを続けいずれは秋に

ぷちぷちと泡をつぶして暇つぶしたまには食いたし泡というもの

飯を炊く黒の伊賀焼き火を消した後もぷくぷく〈地獄〉のごとし

ひまなれば妻の励める書がために篆刻ひとつ始めてみたり

恐竜の骨

恐竜の骨格のごとひろがれる雲の端から尾っぽとけゆく

黄揚羽の二頭それぞれ蜜を吸う翅なき頃の庭に戻りて

誘ってるわけではないと言いたげに曼珠沙華咲くゆれながら咲く

わが親を産めばふたたび吾が産まれ少しはうまく生きなおせるか

海釣りもゴルフも知らず逝きし子よそちらで何を楽しんでいる

ミントの緑

日除けなる巨峰の蔓は屋根めざし見るたび首の角度深まる

うれし気にアイスを選ぶ老婦人五本手にする盆のコンビニ

ひとり身の媼の庭にあら草は除草剤受け立ち枯れており

一本の桃の木に赤と白の花咲けばわれにも黒白のあり

冬草原の景描かれる壁面の割れ目に一本ミントの緑

春待たず咲き急ぐのか如月の朝に白薔薇凍えていたり

盛りあがる果肉じまんは大柄のアスリート風「瀬戸ジャイアンツ」
*ぶどうの品種

サボテンか？　こりゃあなんなら葉先から芽が出ているぞ！　マザーリーフじゃ

帰省の日延べ

この星を光彩《コロナ》は包みわが身にも自転速度の鈍るを覚ゆ

〈専門家〉の発言ぶれてぐらつきぬ尾身苦論株の悩ましきかな

さっきから「しっかり」ばっかり言っている総理の答弁　しっかりしろよな

「詫びます」と言えば許しもするけれど「おわびしたい」は詫びではいない

相がみな民より愚かに見ゆる世の母に伝える帰省の日延べ

耐えがたきは耐えてきたれどかの咎の赦し難きはどうしたものか

「過ちは繰返しませぬ」本人の署名無きまま　ニッポンチャチャチャ

罰を得ず長寿の父の罪咎を子は背負いつつ務めたまえり

艦船は兜太を乗せて島を去る飢えて死にゆく兵士を措いて

＊水脈《みお》の果《はて》炎天の墓碑を置きて去る　（金子兜太『少年』）
主計中尉としてトラック島より去る

きのこ雲を二度も湧かせし国は今スーパーに売る日本のSHIITAKE

だくだくとその身を汚し止まらない鼻血のような派閥の裏金

リクライニングシートにもたれそのままの姿勢で老いるか日本列島

献血の齢のふるいに落とされて古希すぎしいま不要人《いらずびと》なり

閉じられぬ括弧

いくばくかの得をせんとて縁のなき地に納税する後ろめたさよ

もし「神」がいたとするならただ一つ失敗作は殺し合うヒト

昼過ぎにスーパーカブの停まる音聞けば世間につながる気分

膵臓のがん完治して友は言う青空見上げ桃源郷《シャングリラ》はここ

胃は強く癌にはならぬと呟けば医者は黙して薄笑いする

雑食と交尾期常なる強みさえ役には立たずヒトの減る国

認知症は三割、癌は五割とかわが阿弥陀くじいずれを辿る

踏み込んだ問いを重ねる人のあり暗黒物質《ダークマター》に統べられいるや

３の字を向かい合わせて８とするなんだか少し得したような

熟すべき齢となりたる自覚なきままに老いゆく　君もそうだろ

閉じられぬ括弧のような月の夜は何を包んで眠りに就こう

寝釈迦仏

八年の禁を破りて吸うピースこの煉獄に刹那の極楽

バイトせし昔のわれを思いつつ不要なティッシュを駅前に受く

ひる夜を一メートルの半径におおかた過ごす炬燵人われ

ラガーマンでありし体形失われ太ももは痩せ腹はふくらむ

手合わせの相手なければ壁打ちのテニス続ける呼びに来るまで

チャンネルを替えて爆音遠のけば冷えたビールで今日はしめ鯖

終身であれど永久会員になれぬのも好し〈この世クラブ〉は

イノシシの骸に包丁進みゆき束の間なれど外科医のこころ

＊鋸南町の狩猟エコツアーでの解体ワークショップ

わが半生訂正印のあるならば七つ八つも押せば足るなり

寝釈迦仏の姿をまねて見るテレビ悟りに遠く夜に落ちゆく

誕生は死罪とともに与えられ執行猶予の年月楽し

愛想は有限資源これからは消費制限すると宣言

海釣りとゴルフをたしなむ齢なれど心は今もラガーマンなり

出窓より竿を伸ばして鮒を釣る家を持つ夢　夢に遊べり

禅僧にあらねど

もし我に飼われるならば次の世は猫になるのも選択肢なり
碧い眼に見つめられては抗えず少し多めにやるかつお節

無精卵をごつごつ茹でて朝餉とし去勢の猫と一日を暮らす

口かたきお前にならば恥ずかしき姿を見せる　にゃあと鳴くのみ

夜の更けてわが袖口を咬む猫よ何を恨むや去勢のことか

禅僧にあらねど朝夕掻き清む砂あり猫飼う者の常にて

ペット霊苑の記事を読みつつ思うなりエムが逝くときわれは何歳

そんなにも見つめてくれる人の無く寡黙に見つめる猫にたじろぐ

キャットタワーの上に登りて雄ネコはわれのすべてを見おろしており

張りのある乳房と思いわが腹をふみふみしている猫は七歳

玄関のドアをあけるとそこに居る猫は八年忘れることなく

霧の粒子

蓼科の霧の粒子は濃さを増し私を濡らす指先までも

晴れわたる道後の路地に人の無く雲に木霊す蟬の諸声

小走りに過ぎさる時を切りとって擦り傷のごとき歌の増えゆく

迷い子の呼び出しをせぬ公園に迷いこみたしこのままずっと

少年とのキャッチボールの思い出は今や残れりわが胸のみに

一度だけ強がりを捨て泣いた子よ宇宙の奥で思い切り鳴け

光を背に走り過ぎたる三年間ふり向けば汝《なれ》の影絵まばゆし

くじら雲の腹に広がる深き翳それは悲しみそれは寂しさ

飢えうえて

右足の靴ひもばかり緩みけりまっすぐ歩いているはずなのに

「メリー・ク・・・」と言い淀みつつ仏壇を背にローストチキン食む夜

風に負け寒さにくじけ釣り竿は納屋の奥にて呼び出しを待つ

新品のスーツケースは出番なく期限の切れたパスポートあり

宗教を問わるるならば無宗教、いや反宗教と今は言いたし

宗教の勧誘員に諭したり汝は哲学の落ちこぼれよと

わが辞書に不可能はなしという人に与えてやりたしまともな辞書を

なまいきなやつは許さぬ性なれどわが生意気は曲げぬ性なり

する、したい、できればいいと年ごとに後ずさりする選手もわれも

飢えうえて里にうろつく熊一頭追われうろたえ撃たれ埋めらる

そして海へ

なまぬるき突風が吹き二階より落ちたるハンガー春の匂いす

急坂の途中に自転車止めおいて息を継ぐなり菜の花ざかり

梅雨どきにブドウの蔓がむゆむゆと伸びて窓辺の翳は深まる

妻にまずテレビを消せと言いしのち子の死を告げて「嘘」と返さる

すり切れた靴底に踏む水たまりじわりじんわり足裏が濡れる

すぎゆきをふり返る間もあらずして間ぎわのまなこに浮かびしは何

子の硬く冷たいほほを撫でながら親を残すは阿呆とつぶやく

こんなにも弱い男かこの俺は腕の震えをとめられもせず

大阪より一年ぶりに帰省する息子は軽し壺に収まり

感情と押し相撲する日は続き口を開けば打棄《うっちゃ》りを食う

朝はやく吐き気催すわが裡に溜まりしものはわからぬままに

十日続きの激流下りの後にある淀みにしばし筏休めん

もろもろの些事や茶飯の記憶なく認知症かとわれをあやしむ

深酔いて物が二つに見える夜は右目をつむり君を見ている

ときたまに帰省せし息子を怖れしが遺影を前に猫は寝ており

愛猫の名前を息子の名に替えてしばし撫でてはわれをごまかす

妻と子を持たず逝きしはせめてもの善行なりと褒めてやるべし

これからのわれの勤めは朝晩に香をたくこと悲しまぬこと

生きがたきこの世であれば早死にをするのもよしと吾をなぐさむ

＊

豆娘《イトトンボ》いと頼りなき背を伸ばし水辺を離れいとまのいとなみ

海猫の鋭き声と波音が交差するなり天売の空に

稚内の海風つよし駄菓子屋はストーブ焚いて秋を迎える

できることやっておかねば立てるうち意欲あるうち相手あるうち

寒明けの沖の春告魚《メバル》を釣り上げてまるごと送らん田舎の母に

庭に咲く白水仙の一輪を息子のために手折りて弥生

あかねさす朝日をうけて甘鯛のあご貫かんとあおる竿先

過ぎし日の思い出選び振りかえるその解像度少し上げつつ

父として厳しかったか次の世は褒めて育ててやるよ必ず

照り返すひかり乏しき鈍色の浜に海月《くらげ》がずっと濡れてる

毛嵐の上総湊に才巻海老《さいまき》のかごを引き上げ鯛待つ海へ

論考

岡井隆と塚本邦雄の確執

青き菊をちぎりつつわたしを待つなんて出来まいわたしはゐないのだから

これは2005年に八十五歳で逝去した塚本邦雄を偲ぶ歌会での岡井隆の一首。この表現には衝撃を受けた。前衛短歌の盟友と言われている二人だったはずなのに、ここまで無遠慮に言い切るとはいったいどういう関係だったのか？

塚本ファンである央短歌会の前田えみ子代表にこの歌を紹介すると、「青き菊」という言葉は1973年に塚本が岡井に向けて詠んだ一首「青き菊の主題をおきて待つわれにかへり来よ海の底まで秋」に含まれていると教えられた。

二人の出会いと別れ

当時は青い菊は存在していなかった。つまり、塚本の「青き菊」は理想の短詩形のことを指している。51年に『水葬物語』で華々しいデビューを飾り、58年の『日本人霊歌』でピークを迎えた後は、前衛歌人としての行き詰まりを見せはじめていた時期であった。69年の『感幻楽』はデビュー作のテーマの蒸し返しに終わっている。塚本はこの閉塞感を破るため、弟分の岡井に革新的な短詩形を編みだすように求めていたという。

アララギ系の歌人の両親のもとで、岡井は若いころから斎藤茂吉に親しんでいたが、戦後の前衛短歌に刺激を受け、八歳年上の塚本とも交流を続け指導を受けていた。56年に『斉唱』でデビューし、67年には第四歌集『眼底紀行』を出版している。そのころすでに、前衛短歌のあり方には疑問を抱いていて、塚本の目指す方向とは真逆の道を目指していた。

61年の塚本の『水銀伝説』について岡井は「壮烈な失敗作」と本人に伝えている。すでに二人の間には方向性の違いが覆い難くなっていたのであろう。

〈64年　塚本『緑色研究』〉

カフカ忌の無人郵便局灼けて頼信紙のうすみどりの格子

最初に二人の確執を表現した歌はこの有名な一首であっただろうと思われる。

なぜかいきなりのカフカである。そして緑の紙は赤い夏の日光に灼けて色あせている。カフカの代表作といえば『変身』で、その主人公は朝起きると毒虫に変身してしまっていることを悟る。つまり、これは岡井の変身を揶揄したものであろう。二人で赤い情熱をもって短歌の革新を目指したはずなのに、勝手に赤の補色関係の緑色にそまってしまって、結局は色あせて死んでしまうのだという悪意が含まれている歌である。

失踪

70年に岡井は篠弘にだけは事前に「出奔するのであとはよろしく」と伝え、行先も告げずに九州へ逃避した。

世間一般には妻を捨て、愛人（のちに結婚）を連れての駆け落ちのように思われていたが、九州では作歌を中断した。つまり短歌関係が理由であるのは明白である。女性関係が原因であれば作歌をやめる理由にはならず、むしろ歌の材料が増えるだけである。岡井は後日、当時の状況を語っている。「神様が全体のことを見ていらっしゃるとすれば、やっぱり女性問題というか生活の問題が大きかったのだよとおっしゃるだろうけれども、六〇年安保から七〇年までの十年間の四苦八苦したあの時代のことを考えてみれば、やはり文学的なモチーフというのがね」

塚本は「青き菊」の歌で岡井に向かって、戻って来て共に新たな道を追求しようよと呼び掛けているわけである。その返歌が掲出歌である。

「わたしはゐないのだから」という意味は、塚本のいる彼岸には岡井はいないし、当時の塚本の弟子であった自分と今の自分は別の人間だと告げている。それにしても「待つなんて出来まい」という強い口調はどういう経緯を経た結果なのか気になる。

暗喩

戦後の前衛短歌の特徴は私性の排除、暗喩の導入、破調の採用と言われているが、塚本も岡井も暗喩は歌の幅と深みを持たせる手段として積極的に活用している。その他の利点としては、人から歌の真意を非難されてもそういう意味ではないと言い逃れできることもある。代表例は塚本の「日本脱出したし　皇帝ペンギンも皇帝ペンギン飼育係りも」であろう。これは昭和天皇を揶揄している分かりやすい喩えであるが、暗喩でなく直喩など使おうものならとんでもない問題歌になっていたであろう。暗喩の短所は何を喩えているのか読者に伝わらない可能性があり、作者と背景を共有している関係者だけが意味を理解できる閉じた歌になることである。特に塚本の歌には顕著である。暗喩の幅が限定される「皇帝ペンギン」は最も分かりやすい例である。

暗喩表現と比喩の対象との距離が大きければ読者は解釈不能となる。第三者にできることは、仮説を以て色メガネで読み取るしかない。色メガネが否定的表現であるなら偏光レンズとでも呼ぼう。光る波の下で泳ぐ魚をはっきり見るためには偏光レンズが有効である。

これからの筆者の筆は偏光レンズを通して見た二人の確執であることをあらかじめ断っておく。

『辺境よりの註釈　塚本邦雄ノート』１９７３年

これは塚本の歌集を岡井が詳しく分析した評論である。岡井45歳、塚本53歳になっていた。特に岡井の失踪直後に発行された『星餐図』(71年)に関して詳述した第二部〈人馬座《サジタリウス》からの答辞――『星餐図』ノート〉には全体の半分のスペースを割いている。ちなみに、〈人馬座〉とはいわゆる〈いて座〉のことである。

はららごのごとき四月の星見よと招《よ》べば鞭打症のおとうと

ここで最も力を入れて取り上げているのがこの歌である。この一首だけでなんと7ページを割いている。

〈はららご〉とは魚卵のことである。魚の卵をちりばめたような星空を仰いで、共に見ようと声をかけたのに、弟は首の回らない、夢を追い求めることのできない男になってしまっていた、という歌である。

岡井はこの歌に関する感想を、家父長的、サディスティック、保護者的であり、感情は冷たいと記している。「〈鞭打症のおとうと〉などというときに、何を想い出させようとしているかは測りがたい」と、あえてわからないふりをしている。塚本に弟はいない。ここでは弟とは岡井に他ならない。

この歌は一見、落語的な面白さを含んでいるようにみえるが、当事者の岡井にとっては屈辱的な揶揄に感じた筈である。元々九州に逃げたのも塚本の無理難題を避けるためであり、それを鞭打ち症と嘲笑する歌は許せないのも道理である。この歌で岡井の塚本に対する感情は固定されたと言っていい。

密通のさはれ男は神とあるかはたれにして水中の星

次に6ページを割いているのがこの一首。

これに対して「大変に理解に困難」と言いつつ、この歌は「一つの意見である。感想である。批評である」「〈密通〉の語を選んだところは、すでに作者の意図のあらわれである」「作者はのっけから〈密通〉と言い出している」と記していて、女性を連れての岡井の逃避行を〈密通〉と呼ぶことに気分を害しているのは確かだ。

百合はみのることあらざるを火のごときたそがれにして汝《な》が心見ゆ

そして、この一首にも4ページの注釈がある。

これには「〈汝《な》〉は、例によって無限定の二人称であるから、誰とも知られぬ」とまたしてもわからないふりをしつつ、「結実することのない花、百合。〈汝《な》〉は百合そのもの」「〈汝《な》が心〉は〈百合の心〉にほかならぬ」、〈火のごときたそがれにして〉については「塚本の歌を読む尋常の喩に逢着することを期待していない。どのみち喩はひねられている」と、そして、「わたしはこの歌、好きか嫌いから言えば、そう好きな歌ではない」と結んでいる。控えめな表現ながらも、きっぱりと嫌悪の情を表している。これらの三首で岡井の塚本に対する生涯の態度は決まったことであろう。

本の残りの半分は第一部〈負数の王「塚本邦雄」〉として塚本の人物像やそれまでの業績を詳細に記述している。「わたしは、此処では詳述出来ないいろんな理由から、塚本邦雄を比較的冷静な眼で視ることの出来る一人だと考える」として客観的に、そして無遠慮に腑分けしている。

この『辺境よりの註釈　塚本邦雄ノート』のあとがきの付記として、岡井は重要なことを明かしている。

〈第二部のタイトル「人馬座からの答辞」は、『星餐図』跋文に拠っている。すなわち、その一節に「また一人の今生の塒《ねぐら》を地の果ての人馬座《サジタリウス》にたぐへ云々」とあるのによる。ここで塚本が「また一人の」といっているのは、わたし自身のことを指しているのである。〉

つまり、この『塚本邦雄ノート』は岡井の塚本自身への返信である。

確執は続く

塚本がこの本を読み、そして恨んだのも当然であろう。それでなくてもこの頃は前衛歌人としての行き詰まりを感じていたし、評論家からも指摘され始めた頃であったのでなおさらである。

『星餐図』の二年後の73年に発行した『青き菊の主題』は前年に自決した三島由紀夫と失踪した岡井に向けたものである。

青き菊の主題をおきて待つわれにかへり来よ海の底まで秋

と詠って岡井に秋波を送ったところで既に手遅れであった。もはや関係の修復は不可能である。

石井辰彦は『塚本邦雄ノート』を「塚本の歌人としての〈仮の死〉を決定的なものにした。分析されつくした歌人としての塚本は本当の意味での前衛歌人ではなくなった」と評している。互いに男のプライドを傷つけられた憎悪は一生続く程の根深いものになっていった。

以上のことを前提に二人のその後の歌集を読むと、当事者のみが分かるような暗喩がちりばめられていることが分かってきた。そしてその過激さはその後45年にわたってエスカレートしていったのである。

岡井が九州から豊橋に戻った翌年からさっそくバトル開始である。

独り言的揶揄の始まり

〈75年　塚本『されど遊星』〉

この歌集のタイトルそのものが岡井へのメッセージである。塚本という太陽の周りをぐるぐる回っているだけの存在であるとの強いメッセージ性があからさまである。

キリストとイエスの間《はざま》厳しきにあやまちてたそがれのひるがほ

キリストとイエスの違いとは何か。塚本の言うキリストは宗教の教祖であり、イエスは一介の男という意味である。岡井がキリストを目指したところで所詮イエスどまりだよという意味であろう。だから夕方の昼顔みたいな姿をさらしているじゃないかと。

時すでに晩《おそ》きさくらやおとうとは叡智に髪の根まで汚れつ

この歌は岡井に対する悪意をさらに強く含んでいる。盛りの過ぎた歌人は頭でっかちになりすぎて毛根にまでその灰汁が滲み出てしまったということか。

〈同年　岡井『鷲卵亭』〉

泥ふたたび水のおもてに和ぐこころを迷ふなよわが特急あずさ

塚本の怒りが鎮まったと思っても元の立ち位置には決して戻るまい。自分が目指す目的地は遠いので迷っている余地はないとでもいう様に。この頃の岡井は感情を抑えて理性を保つことが出来ていた時代である。

〈77年　塚本『閑雅空間』〉

岡井の『鷲卵亭』の評判を見て嫉妬したのであろうか、岡井をあざ笑うおびただしい暗喩が含まれている。

殺意よりややうすき藍たなびきて友来る　刎頸の友来るあやふ

いる。

「あやふ」とは危ういという意味である。ここではまだ岡井を「刎頸の友」と称している。

イエスに扮したりけるイエス霜月の噴水が苦しみて水噴く

ここでは岡井の四苦八苦している姿を揶揄している。

親不知　そこひたすらに駆抜けて死海の塩の香の乳母車

岡井を親知らずの乳飲み子と称し、死海に向かっていると嘲っている。塚本の心象風景なのであろう。

香料店昼の燈《ひ》ゆるる神学をこころざしけるおとうといづこ

「昼の燈《ひ》ゆるる」とは昼行燈と言うほどの意味であろう。そして、永久に結論が出ない議論のことを神学論争という。ここではまだ岡井は「おとうと」と呼んでもらっている。

斑猫《はんみょう》は失楽の野に飛び亡《う》する五月やうくすつぬふむゆるう

道に沿って少しずつ、飛んでは止まる、と言う動作を繰り返す事から、斑猫は「ミチオシエ」という別名がある昆虫である。

岡井は虫になっている。この歌で注目すべきは四句から結句にかけての一見無意味に見える「うくすつぬふむゆるう」である。あの塚本が無駄な言葉を並べるわけがない。私の偏光レンズで見える様子は次のようになる。「浮く、捨つぬ(る)、踏む、揺る、う」。「う」は推量、命令、当然という意味を持つ。塚本はこの発想を得て大いに溜飲を下げたことであろう。

〈78年　岡井『天河庭園集』〉

失踪前の67~70年の作品をまとめたものである。その中に訳の分からぬ歌が見受けられる。

いづこより凍れる雷《らい》のラムラララムだむだむララムラムララムラム

「凍れる雷」は塚本の岡井に対する態度であろうが、三句以降は無意味な表現に見える。では「ラムラランム」を「ムラムラ」と、そして「だむだむ」を「無駄無駄」と読み直してはどうだろう。塚本の怒りは全く無意味で無駄だよと言い捨てているのではないか。これも「暗喩」の一パターンかも知れない。しかし調べはちゃんと整えているのはさすがに岡井である。

〈同年『歳月の贈物』〉

歳月はさぶしき乳を頒てども復た春は来ぬ花をかかげて

「さぶしき乳」は岡井と塚本が一対のように活動をしていた時のことであり、塚本の束縛を逃れてから八年後に歌を自由に詠えるようになったことの喜びの歌である。

返歌の応酬へ発展

〈79年　塚本『天変の書』〉

岡井の「さぶしき乳」の歌に対して早速、直接的な反応をした。

復活祭百の蠟燭乳白の花なびきつつイエスを焦がす

岡井の「復た春は来ぬ」に対し「復活祭」を、「花をかかげて」には「花なびきつつ」とぶつけてきた。「焦がす」にはかなりの悪意を感じることができるが、岡井はまだ一介の男のイエスとして扱ってもらっている。

〈同年　塚本『花にめざめよ』詩画集〉

ののしりて弟を刺すかなしみを思へどきさらぎのうたげ　酣《たけなは》

この頃の塚本の心情をよく表している歌であろう。「かなしみ」とは口先だけで、本音は岡井を罵ることを楽しんでいるわけである。素直な心情の吐露である。

る。

〈82年　岡井『人生の視える場所』〉

十両に落ちたるのちを平凡に惑溺したる彼こそよけれ

かつては横綱級であった塚本の地位は今や十両レベルだという分かりやすい歌である。

〈同年　岡井『禁忌と好色』〉

生くるとは他者を撓めて生くるとや天は雲雀をちりばめたれど

「撓めて」来たのは塚本が岡井に対してなのか、岡井が妻や愛人に対してなのかは判じることが出来ない。おそらく両方の意味を含んでいるのだろう。

しづかなる旋回ののち倒れたる大つごもりの独楽《こま》を見て立つ

だばだばと汁をこぼして終りたる老のひるげを惨と思はず

岡井五十四歳、塚本六十二歳の年である。「老」は塚本を指しているのであろう。歌人として駄作ばかりを発表している現状を揶揄していると思われる。

手を出せばとりこになるぞさらば手を、近江大津のはるのあはゆき

栗木京子は岡井との対談でこの歌を「振い付きたくなるくらい素敵な歌です」と語っていたが、単に美しく情緒的な歌であろうか？　上句と下句の関係はどう説明する

のだろう。特に上句の表現にこだわる栗木に対して、岡井は下句の「近江」「大津」「はる」「あはゆき」のほうが大事かもしれないねとヒントらしきものを提示していた。

塚本の出身地は大津市（当時は東近江市）であり、春の淡雪のようにあっけなくしぼんでしまった前衛歌人だったという意味の歌と考える。

「さらば手を」の「さらば」には逆説と順接の意味があり、岡井としては逆説の意味で使っている。つまり、塚本流短歌にかぶれたら足を抜くのが困難になるので、手を出さない方が良い。塚本短歌の輝きはすでに褪せてしまっていると解釈すべきであろう。

〈86年　塚本『詩歌変』〉

枇杷の汁股間にしたたれるものをわれのみは老いざらむ老いざらむ

これは岡井の「だばだばと汁をこぼして」の歌に対する返歌のような趣がある。自分だけは老いていないと言いたげである。

薔薇捨てて厨はなやぐ晩春のをさなづまはしきやし怪物

岡井の11年前の名吟「薔薇抱いて湯に沈むときあふれたるかなしき音を人知るなゆめ」を下敷きにしている。岡井が若く美しい女性と再婚したのがうらやましいのだろうか。捨てられた「薔薇」は前妻の事であろう。それにしても人の妻を「怪物」とは常軌を逸している。本人同士ならどんなに激しくいがみ合うのも自由だろうが、相手の家族を巻き込んできた時点で塚本のタガが外れたと思われる。

彼奴《きやつ》の再婚祝ひおくらむことだまのわかさの鯛に毒ふくませて

ついに岡井を彼奴と呼ぶまでになった。「わかさ」は甘鯛で有名な「若狭」と「若さ」を掛けている。

天使魚の瑠璃のしかばねさるにても彼奴より先に死んでたまるか

天使魚とはエンゼルフィッシュのことである。「さるにても」は「然るにても」であり、「それはそれとしても」といった意味である。自らを美しい天使魚に見立てているのであろう。下二句のヒステリックな口語調は感情を抑えることが出来なかったのであろう。

この頃から、無遠慮な激しい表現で岡井を罵倒する傾向が始まったのである。

仁義なき諍いへ

〈89年　岡井『親和力』〉

チューリップ黒きが咲きぬ兄を持つことこそ弟の罰

先輩として塚本と付き合った過去を後悔している。「黒きチューリップ」などと強い口調になってきた。

馬といふ喩を性的に釈《と》きたるは誰《た》ぞたてがみにはるの淡雪

戦後、同性愛をテーマとするアドニス会という会があり、三島由紀夫や塚本邦雄が別の筆名で会誌に執筆している。共通した文学的感性を持つ者同士でゲイ・コネクションに連なっていたのである。

塚本の代表歌のひとつである「馬を洗はば馬のたましひ冱ゆるまで人恋はば人あやむるこころ」は「馬」という比喩を用いての男色の歌だという意見のあることを紹介している。「馬」とは男性のシンボルと読むことは可能であろう。牡馬を間近で見た人ならこの比喩は容易に理解できるはずである。そう読まなければ「馬」である必然性は見いだせないし、下句とのつながりに関しても合理的な解釈は困難になる。

〈同年　塚本『波瀾』〉

ロミオ洋品店春服の青年像下半身無し＊＊＊さらば

暗喩ではなくついに伏せ字を使うようになった。「＊＊＊」に「おかい」を嵌めてみよう。岡井は老いてしまって精力も失ったと断定したいのであろうが、岡井61歳は男としてまだまだ元気であった。

〈90年　岡井『蒼穹の蜜』〉

86年迄の歌の自選歌集である。そのため、応酬が過激になる前の歌が散見される。

一本の杉の怒りを見て立てば緑揉まれて生きたきものを
そよかぜとたたかふ遠きふかみどりああ枝になれ高く裂かれて

塚本は樹木に喩えられているのだが、歌としてもすぐれたものになっている。

〈91年　岡井『宮殿』〉

ヘイ龍《ドラゴン》カム・ヒアといふ声がするまつ暗だぜつていふ声が添ふ

「龍」とは何か。岡井は周りからドクターRyuと呼ばれていた。「隆」の音読みである。塚本も岡井に対して「りゅう」と呼んでいた。その「りゅう」を英語にすると「ドラゴン」となったわけである。つまり龍とは岡井自身である。岡井を誘う声が聞こえる。しかし、そこは地底のような闇である。声の主は塚本であろう。

〈同年　塚本『黄金律』〉

殺したい奴が三人ゐて愉しとりかぶと群青の十月

だんだんと物騒で凶悪になってきたものだ。岡井のほかに二人もいたのか？　それとも相手を特定されない為の工夫か。

緑陰にをととひわれが仕上げたる一脚の無駄釘だらけの椅子

岡井はついに椅子にされてしまった。昔の指導の恩を忘れた奴として。

愛犬ウリセスの不始末を元旦の新聞で始末してしまつた

ここでは不始末をした犬として表現されている。ウリセスはホメロスの『オデュッセイア』に登場する知将ユリシーズのこと。トロイ戦争に勝利したが、海神「ポセイドン」の怒りに触れて何年間も行方不明になったのち、やっと故郷に戻ってきた。そして最後は息子に殺される。九州への失踪のことを想定してウリセスの名を使ったのである。古代詩に詳しい塚本ならではの歌。

〈93年　塚本『魔王』〉

父となどなるなゆめゆめ緑陰に大工ヨセフが肩で息する

ヨセフはイエス・キリストの養父。岡井が歌会始選者になったことで、その転向ぶりに驚き、嘆いた歌であろう。戦後の前衛歌人の同志としての岡井は何処に行ってしまったのかと。後年、岡井自身も「偏向といわれればそうかもしれない」と述懐している。もっとも、昭和天皇の存命中であれば絶対に引き受ける事は無かったはずである。

〈96年　岡井『夢と同じもの』〉

　ちよんまげにてあんた宮中へ行くのかと訊くやつも居る　笑而不答《わらつてこたへず》

岡井の〈転向〉に対する塚本や他の歌人たちからの批判の声を受け流している。

〈同年　塚本『風雅黙示録』〉

　弟なれど張り倒すべし卓上に現代語訳「ソロモンの雅歌」

岡井のライトヴァースへの取り組みに対して怒りを表現している。岡井はすでに口語短歌を多用し始めていた。

〈02年　岡井『〈テロリズム〉以後の感想／草の雨』〉

　おのずから鞘と鞘とが触れ合ひて殺気立ちたる文とし言はむ

　五十年前の青年からだらう電話は鳴りつづけてるが取らない

塚本からは電話がかかってきているが相手にしていない。塚本をもう対等以下の存在として見るようになっている。

　蛇《セルパン》だつたころの僕なら君を纏《ま》き戦《そよ》がすだらう舌をも尾をも

〈04年　岡井『馴鹿時代今か来向かふ』〉

　いつか殺すといふ手紙来るいくたびも来る青葉闇深き方より

　若いころのぼくの手紙がひしめいている塚本邦雄邸のひき出し

二人の間には手紙のやり取りは続いていたらしい。二人の手紙を公開してもらいたいものであるが、もう少し冷却時間が必要だろう。

「戦ひの終わりが平和の初めではなかつた」

05年に八十四歳で塚本逝去。戒名は玲瓏院神変日授居士。

玲瓏院は彼の結社「玲瓏」より。神変日授とは誠に彼らしい戒名である。

岡井は塚本の死後もリングを降りることなく、亡霊を相手にシャドーボクシングを続けた。

〈06年　岡井『二〇〇六年　水無月のころ』〉

　「すばらしい先輩」に「恵まれ」たので「素晴らしい時間」に得た傷あまた

「　」内の表現はすべて反語である。反語を使って塚本との出会いを嘆いている。〈傷あまた〉だけは反語ではなく本音である。

〈07年　岡井『家常茶飯』〉

嫌悪の情はその対象がこの世から去ったとて衰える事は無い。むしろ無遠慮な言葉遣いが目立つようになる。

　青き菊をちぎりつつわたしを待つなんて出来まいわたしはゐないのだから

これは冒頭で紹介したとおり、塚本を偲ぶ会での一首。

　地衣類は霧を舐めつつひろがりぬ挫折してからが本物つて嘘

塚本は前衛歌人としては挫折したが、その後の業績についても評価していない。

　古代詩を写して売つてゐるやうな兄貴に柔らかな眼を向けてゐた

聖書や西洋の古代詩からモチーフや用語を流用した歌がおびただしい塚本を痛烈に批判している。しかも憐憫の眼で。

〈10年　岡井『静かな生活』〉

　うつくしい岸辺へ流れつきたいと幾日も櫓をこいだおろかさ

塚本と過ごした若かりし過去を反省している。八十二歳となり、塚本の享年に近づいて、自分の人生を振り返ることが多くなってきた。

〈14年　岡井『銀色の馬の鬣』〉

朝咲いて夕方落ちる友といふ花を見ながら咲かなきやならない

塚本は前衛歌人としては短命だったが、自分は最後まで歌の道を追求しようという意思の表明だろう。

〈15年　岡井『暮れてゆくバッハ』〉

戦ひの終わりが平和の初めではなかつた。今もそれは同じだ

塚本との確執はその死後も続き、心が安らかになる事は無い。終戦後の日本とイメージが重なる。

〈18年　岡井『鉄の蜜蜂』〉　生前最後の歌集。岡井は九十歳となる。

詩はつねに誰かと婚《まぐは》いながら成る、誰つて、そりやあなたぢやないが。

最後まで塚本のことを嫌っていたのである。

岡井没す　20年7月　九十二歳で永眠。

最期の言葉は「無念」。この無念という言葉の含む意味は何だろう。三十二歳年下の三番目（内縁を含めれば四番目）の妻、恵里子を残して逝くことか、塚本との出会いによる時間の無駄か、それとも「青き菊」にたどりつけなかった思いか。単なる暗喩

にとどまらず、伏せ字や反語まで駆使して互いに罵りあった諍いがやっと終わった。

岡井の死後、短歌界ではいろいろな動きがあり、短歌の総合誌では追悼特集が半年以上にわたって組まれた。そして、生前には二人の確執については口をつぐんでいたが、死んだ途端に意見を表わす歌人がいた。

坂井修一の岡井への敵意

坂井修一は塚本に関して『鑑賞・現代短歌 七 塚本邦雄』および『斎藤茂吉から塚本邦雄へ』の2冊を執筆しており、敬愛していることは明らかである。

2006年の評論集『斎藤茂吉から塚本邦雄へ』の中で、岡井が敬愛していた茂吉に対しては「大いなる意思が欠けている」「新しい社会的価値を創造した人間とは言い難い」と否定的な評価を下している一方で、塚本については「現代短歌の誇る美の巨匠である」「卓越した観察眼と批評精神」などとべた誉めである。

これだけを見ても、彼の極端な性向が分かるというものだ。岡井が塚本を揶揄したことで、坂井は自分の顔に泥を塗られたという気持ちを持ってもおかしくない。

坂井は塚本だけでなく、森鷗外の大ファンであると自認しており、『森鷗外の百首』

も上梓している。

岡井の亡くなった20年に、岡井隆の追悼の討論が短歌誌に掲載されていて、参加していた坂井は「岡井の森鷗外の文章に関する評論の一部に瑕疵がある」と私見を述べる。

岡井が重要視していなかった部分（終戦間際に中国人に暴行を働いた兵士の軍服の色によるロシア兵か日本兵かの判断）に関する記述に異論を唱え、その部分が重要なポイントであると主張し、それを〝瑕疵〟と断定している。

「岡井の森鷗外の文章に関する評論の一部に瑕疵がある。よって岡井を歌人として認めれば、短歌界が文学界から排除されてしまう」と言う旨の発言を繰り返しており、その飛躍的な論理に驚いたものであった。たとえその部分が瑕疵であったとしても、短歌とは関係ない文章で歌人としてまで否定するのは余りに理性の欠けた、そして論理的でない発言であろう。憎悪の感情とはなんと狂暴な振る舞いをするものか。文学部の教授でなかったことがせめてもの救いである。

その討論会に参加していた寺井龍哉と斉藤斎藤の反論にも耳を貸すことなく、二人はその過激な発言に匙を投げていた。それほどまでに塚本・鷗外フェチの坂井としては、岡井は二重の仇であったのだ。普段の温厚そうな歌、知識豊富な文章からは想像できない異常な偏執狂ぶりを披露していたのだ。まるで塚本と鷗外のための弔い合戦を一人で引き受けている様相である。死人に口なしで、岡井から反論される恐れが無くなった安心感のためか、この時とばかりに思いのたけを吐露している。

20年12月号の「短歌往来」では塚本と岡井を詠んでいる。

日本脱出しない私が読んで聴く荷風のドビュッシー邦雄のピアノ
時といふ魔物の股間くろぐろとみづくきの岡井立ちてたふれき

いずれも二人に対する気持ちがあからさまに対照的である。

永田和宏の第三者的態度

二人の歌人の間の愛憎は短歌を生業としている人たちの間ではよく知られたことなのであろう。しかし、短歌とは直接関係しないので歌人の間の人間関係は話題にしなかったのか、または、あまりに醜く、ガキっぽい応酬を短歌界の外の人々に知られるのを恐れてダンマリをきめこんでいたのか。それとも短歌界の両巨頭の確執には「触らぬ神に祟りなし」と自己保身に努めていただけなのか。

岡井の亡くなった翌年、21年3月号の角川「短歌」には永田和宏の次の歌が掲載されていた。

塚本邦雄岡井隆の愛憎をわれらが世代の誰《たれ》にか措くべき

「われらが世代」は誰のことを言っているのかと考えてみて、思い当たるのはやはり坂井修一であった。死んだ歌人の身代りとして敵愾心を持つのではなく、同時代の歌人に対してそれぐらいのライバル心を持ちなさいと言うつもりなのだろう。

6月の「岡井隆を偲ぶ会」はコロナ禍のため一年遅れで、さらにオンラインで実施されたが、そこで永田和宏と結社「未来」の後継者である大辻隆弘の対談が再生されていた。

永田はこの歌を取り上げて二人の間に存在したような愛情と確執を今の歌人は持っていないという。あいつにだけは絶対に負けまいと努力するような「ライバル」を持つ歌人が居ないのは寂しいと述べていた。しかし、岡井と塚本の確執の強さを今の歌人に求めるのは無理がある。その前提となった戦後当時の短歌の置かれている状況は今の時代には成立しないからである。

前衛とは

岡井と塚本の関係が遺したものは何だったのか？　前衛短歌への貢献だったのか？前衛とは本来、伝統に対抗する一時期の尖った動きであり、そしてその後に消えていくか、主流の一端を担うようになっていく道を辿るのが常である。岡井は「短歌は究極のところ〈うた〉であり〈しらべ〉であるという考え」に達し、早々と塚本と袂を分かつことになった。

一方、塚本が前衛短歌の特徴の一つである私性の排除のために用いた小道具は聖書であり、西洋の古代詩や芸術であり、男色を含む性愛などであった。しかし、前衛短歌は第二芸術論に対する過剰反応として出現したが、第二芸術論自体が下火になり、前衛短歌は存在基盤を失ってしまった。短歌に限らず前衛のほぼすべては時代と共に消えていくのが歴史である。

絵画ではピカソが代表格で、キュービズムは今や歴史的遺物になっている。前衛音楽も今はその言葉をほとんど耳にしない。トルストイの小説を読めば、小説家志望者のすべてはこの王道を超えるのは絶対に無理だと容易に悟る筈である。そして王道の横に細道を作り走ってみる。それを世間では前衛とか新ジャンルと呼ぶのではないのだろうか。

革命を目指した塚本

数少ない本物の前衛は革命的に全体をひっくり返すものだ。

塚本は単なる前衛短歌ではなく、短歌に革命を起こそうとした唯一の歌人であったと思われる。第一歌集『水葬物語』の巻頭歌「革命歌作詞家に凭りかかられてすこしづつ液化してゆくピアノ」はその宣言として受け取るべきであろう。

この歌の従来の読みは、革命歌作詞家の欺瞞によって、革命が解体してゆくというものであったが、塚本が後に妻となる慶子宛に出した手紙によると「血の滴垂るやうな、火華のちるやうな新しい抒情の系譜を樹てるのだ。(中略)千人の聾の耳ひらかすめには一萬のピアノの連弾も必要であらう。(中略)先づ実作で目にものを見せるのだ。必ず見せてやる」という強い意志を持っていた。その思いが第一歌集の巻頭歌になったのも当然であろう。革命歌作詞家は塚本自身であり、ピアノは伝統的な近代短歌という意味を持たせたものと考えられる。

塚本が短歌革命を目指していた時期があったのは確かである。しかし聖書や西洋の古代詩などに依存したのでは借り物の舞台で踊っていたとしか言えないだろう。結果として、他のジャンルの多くの前衛活動と同様の道を辿ることになってしまった。いまや水原紫苑の歌にその残渣（借り物の舞台の乱用など）を見出すのみというのが実態である。寺山修司はそのことについて「花やかな幻想、そしていかにも偽造ダイヤ的、造花的ロマネスク」「うつくしい夢をみすぎたことがゆえにこそ、三十代に入っての塚本邦雄はその夢に復讐されねばならなくなる」と記している。存在しない「青き菊」は今後も「青き菊」のままに続くのであろう。

参考資料

◆書籍

辺境よりの註釈―塚本邦雄ノート　岡井隆　人文書院
わが告白　岡井隆　新潮社
斎藤茂吉から塚本邦雄へ　坂井修一　五柳叢書
鑑賞・現代短歌七　塚本邦雄　坂井修一　本阿弥書店

◆雑誌

短歌春秋　2017年1月号　NHK学園
短歌研究　2020年9月号　短歌研究社
　同　2022年4月号
　同　2022年11月号
短歌往来　2020年12月号　ながらみ書房
現代短歌　2021年3月号　現代短歌社
短歌　2021年3月号　角川書店
　同　2021年9月号

＊多くの塚本の歌を紹介していただいた央短歌会の前田えみ子代表に感謝します。
＊旧字体はすべて新字体で表記しております。

あとがき

短歌に遠く生きてきて

五〇歳から始めて二十二年。しかし十年のブランクがある。

短歌からは遠い位置で生きてきた。百人一首とも縁はなく、なぜか十代のときに母が買ってくれた『万葉秀歌』にも感銘を受ける歌を見つけることはなかった。もともと工学部出身で外資のＩＴ企業に従事したので短歌に縁は全くなかった。

始めたきっかけ

歌を始めたきっかけは趣味の海釣り。六キロの大鯛を釣った時の感動を瑞々しく残しておきたい、それには短歌の形式が最適だ。そう思いついた裏には、かつて授業で出会って和歌っていいなぁと感じ入った「岩走る垂水の…」と「相見ての後の…」の二首が頭に残っていたからである。ということで歌を詠み始めた。鯛釣りの歌を作った後は、半生を振り返って記憶に残るエピソードを歌にしていった。

最も過去の歌は三歳の頃の記憶に基づいている。しかし過去は増やすことはできない。ネタが尽きてしまった。しかも、ひとりで詠んでも反応がない。つまらないので一年半でやめてしまい、十年のブランクを過ごしてきた。

学びのきっかけ

再開のきっかけは友の死を半年後に知り、一周忌には遺族に挽歌を贈りたいと思い、短歌講座の受講を始めたことにある。しかし、発表の機会が少ないのでフィードバックが乏しい。英会話と同じで時間よりも密度が重要だ。ひと月に一〜二首では一生上手くならない。

特に〈遅れてきた青年〉にとっては残された時間は少ない。

「海山短歌会」の故下村光男氏に短歌の手ほどきを受け、その後は5つの歌会に顔を出し、「双葉短歌会」の故中村克己氏、「コスモス」の黒岡美江子氏、「央短歌会」の前田えみ子氏、「合歓の会」「船橋歌人クラブ」の久々湊盈子氏らのご指導を受けてきた。

無自覚に過ごしては消えていく時間の中で、心の動きの一瞬を冷凍保存するという行為を覚えた。では、それ以前の50年の半生はなんだったのか。もったいないことをしたと思っている。特に感受性の豊かな青年期に詠うことを知らなかったことが悔やまれる。

疑似体験

歌を作るうえで畑違いの業務経験が役立っていると感じることがある。

ＩＴコンサルタント時代は、数十枚のレポートを毎週のようにお客様に提示する。パワーポイントのページの大半を占めるのはデータなどの客観的な内容である。そして一番重要なのはページの上部に書かれている三行以内のヘッドラインで、これがお客様（役員、管理者）に対するメッセージである。その下の客観的事実はヘッドラインを補強するものでしかない。

短歌ではこの三行を一行に収めなくてはならないのであるが、似たような経験をして来たと今にして思う。

歌集の上梓にあたり

ゆっくり時間をかけて歌を蓄積すればいいと思っていたが、息子の急死に遭遇し挽歌を発表したい思いが強くなった。

初期の歌も取り交ぜ、やや甘い、稚拙と言われるであろう歌も含めて今の私の気持ちを残しておきたいと思い発行に踏み切った。いずれも愛着のある歌である。

同時収録の論考「岡井隆と塚本邦雄の確執」は歌誌「たんか央」の連載に加筆したものである。

表紙の写真は、千葉県の上総湊に真鯛釣りに行った早朝の釣り船からの海の景色である。これで写真家としてもデビューを果たしたかもしれない。

文体や表現スタイルは歌の内容によって自由に採用した。

最後に
出版にあたり「合歓の会」の久々湊盈子先生や「央短歌会」の前田えみ子代表には多大なる助言をいただき運のいい奴と思っています。
この歌集を私と記憶を共有するこの世とあの世に棲む家族すべてに捧げます。

二〇二四年　吉日

山本信明

著者略歴
1952年　岡山県生まれ。
千葉県佐倉市在住。

2021年　「そして海へ」（30首）で第34回船橋市
　　　　文学賞（短歌部門）受賞
「央短歌会」編集委員、「双葉短歌会」代表

歌集　そして海へ

2024年11月20日　初版発行

著　者　山本信明
発行者　髙橋典子
発行所　典々堂
　〒101-0062　東京都千代田区神田駿河台2-1-19
　　アルベルゴお茶の水323
　振替口座　00240-0-110177

組　版　はあどわあく　印刷・製本　渋谷文泉閣